KB115693

그림자
떼어내기

그림자 떼어내기

발행일 2021년 1월 29일

지은이 정태수
펴낸이 손형국
펴낸곳 (주)북랩
편집인 선일영 편집 정두철, 윤성아, 배진용, 이예지
디자인 이현수, 한수희, 김민하, 김윤주, 허지혜 제작 박기성, 황동현, 구성우, 권태련
마케팅 김회란, 박진관
출판등록 2004. 12. 1(제2012-000051호)
주소 서울특별시 금천구 가산디지털 1로 168, 우림라이온스밸리 B동 B113~114호, C동 B101호
홈페이지 www.book.co.kr
전화번호 (02)2026-5777 팩스 (02)2026-5747

ISBN 979-11-6539-599-5 03810 (종이책) 979-11-6539-600-8 05810 (전자책)

정태수 시집

지질공원 해설사가
지질 이야기와 함께 쓴

그림자 떼어내기

북랩book Lab

시인의 말

봄부터
오롯이 제가 키워온 꽃입니다.
당신이 머무는 곳이라면
먼지 쌓인 곳에서
바싹 말라가도 좋겠습니다.

당신과
카페에 앉아
파란 하늘을 바라볼 수만 있다면
탁자 위에 꽃이 없어도
창밖에 눈이 내리지 않아도 좋겠습니다.

2021년 봄에

영덕에서 정태수

목차

제2부

제3부

제4부

제5부

지질地質 이야기 〈Geostory〉

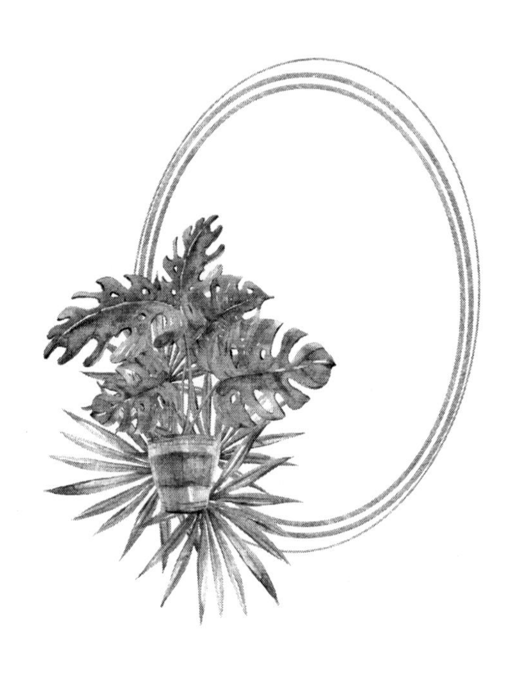

제1부

가을을 담은 시집

당신이 지금
낙엽 지는 가을에 머무르신다면
절대로
그냥 흘려보내지 마십시오

두껍지 않아도 좋을 책 한 권을 준비하시고
그 책장 사이사이에다
빨갛게
노랗게
때로는 초록으로 물든
마른 단풍잎을 끼워 넣으십시오

이제 준비가 되셨다면
사랑하는 이에게 책을 보내십시오

꿈에도 못 잊어하던 당신의 님은
가을 향기 듬뿍 밴
한 권의 시집을 받아보게 될 것입니다

그림자 떼어내기

뛰자

날자

태양 위에 올라타자

태양보다 밝은 빛이 되자

@ 어린 시절, 아침저녁으로 공터에서 놀 때나 등·하교할 때면 평평한 땅 위로 몸 그림자가 길게 드리워지곤 했다. 길게 그려지다가 바닥이 부족하면 목이나 허리가 꺾어져 담벼락에 붙기도 했다. 어린 내가 보는 눈에는 길어지고 꺾어지는 것이 신기했고 내 발에 붙어서 끝없이 따라다니는 것도 이상했다.

빛 속에서 생활하는 사람이기에 그림자를 떼어본다는 건 정말 어렵다. 그림자를 떼어보려고 펄쩍 뛰어보기라도 하면 몸이 떠 있는 한순간뿐이다. 지금에 와서 생각해 보니 방법이 전혀 없는 것은 아니다. 아버지의 그림자를 이제는 어디에서도 볼 수가 없으니, 시간은 좀 걸릴 수 있겠지만 아버지를 닮아 가면 될 일이다.

헤아림

나무의
나이테인 양
내 가슴에
하나둘 그려가는 것

뒤처지기라도 할까
늘
내 앞에서 달아나는 것

감히
따라잡을 수도
멈출 수도 없는 숭고한 헤아림

“떡 치는 의붓아버지 옆에는 가더라도,
도끼질하는 친아버지 옆에는 가지 마라”시던

그리운 아버지
아흔아홉

초연히 가야 할 길

날아가는 새가 길을 묻는 것을
한 번이라도 네가 보았니

길을 묻는다면 새가 아니지

가야 할 길을 알기에
가야 할 곳을 알기에

비록 험하고 무서울지라도
초연히 제 갈 길을 가지

나도
날아가는 새를 닮아
길 위의 나무숲을 지날 때
지고 있는 나뭇짐 벗어버릴 수만 있다면

풀밭 위를 걸을 때
풀잎같이 얇은
가면 한 꺼풀 벗어 던지고
뼛속까지 다 비운 새처럼 될 수만 있다면

내가
가야 할 길을 내가 알기에
새처럼 초연히 그 길을 갈 것을

날아가는 새가 길을 묻는 것을
한 번이라도 네가 보았니
초연히 제 갈 길을 가지

끝이 없는 길

신발 끈을 동여맨다
수건까지 챙기는 걸 보니
결코 쉬운 여정은 아닌 모양이다

채비를 끝내자 이내 길을 나선다

천천히 걷는가 싶더니 이내 발걸음이 빨라진다

잘 닦아진 길은 발에 차이는 돌 하나 없어도
결코 수월하지 않다

풀 한 포기 자라지 않는 길은
어릴 적에 누나와 걷던 마을 돌담길도 아니고
아버지와 나뭇짐 지고 내려오던 산길도 아니다

부지런히도 걷더니
급한 일이라도 생긴 듯 갑자기 뛴다
주위 풍경은 좀처럼 바뀌지 않는다

앞선 사람도 없고
뒤따르는 사람도 없다
옆으로는 몇 사람이 같은 방향으로 걷고 있다

아!

천천히 걸음을 멈춘 만족한 표정의 나그네는
러닝머신의 포로가 된 끝없는 '궤도軌道 바퀴'에서
땀을 닦으며 이제 내려선다

복 받으러 가요

일단은 어두운 곳으로 가는 거야
그것도 쉼 없이

기분 나쁘게 들릴지 몰라도
그게 참인 것을 어떻게

오늘같이 비 오는 날 깜깜한 밤중에는
더욱 그런 생각이 들어

보라니까
인생 종착역이야

들어오는 열차는 없어도
쏟아져 들어오는 사람들은 있지
돌아설 수도 없게 어두운 곳

저길 봐!
미안해하지 말고 그냥 냉큼 받아

"삼가 고인의 명복冥福을 빕니다."

바보

길 한가운데 멈춰 섰지

파란 불로 바뀌면
집을 향해 다시 출발할 수 있다는 것은
이미 배워서 알고 있어

그렇지만
환갑을 넘긴 나이에도 모르는 게 너무 많고
배워야 할 게 정말 많아

지난여름에 잠시 놀다 온 바다가
지금도 그때처럼 파도가 치고 있는지 모르겠고

지난가을 산행 때 본 멧돼지 똥 누었던 자리가
지금도 뒷간으로 쓰이는지 모른다는 거야
파란불로 바뀌어
달려가고는 있지만
아내가 집에 있을지도 모르겠고

저 앞
모퉁이 길 돌아서면 불법 주차된 차량이
나를 위협할지도 모를 일인데

더 심각한 것은 그게 아니라

내일
아침 해가
뜰지 안 뜰지를 내가 모른다는 것이지

인플레이션

에이!

옛날 소리 하지 마라.

'백만장자'가 무슨 부자라고

그래!

'억만장자'는 되어야지

윽!

억이 만 개

@ 우리나라가 마지막 화폐개혁을 한 것이 1962년, 제3차 화폐개혁이다. 그로부터 많은 세월이 흐르긴 했어도 그간의 인플레이션은 너무 심했다. 후진국에서 개발도상국을 거쳐오며 통화를 남발하다 보니 그렇게 된 것이지만 만 원짜리 백 장으로 부자는커녕 괜찮은 중고차 한 대도 못 사는 세상이 되어버렸다. 이곳저곳에서 화폐개혁을 해야 한다는 말들이 약하게나마 들려오고 있다.

시인이 남긴 것은

시인이 남긴 것은
짧아진 연필과
돋보기안경만은 아니었습니다

지난여름부터 하얗게 내릴 눈을
성급히 기다리던 그가
가을에 떠나며 남긴 것은

바보스럽게 엮은 한 권의 시집과
종이 위에 수줍게 그린
시를 닮은 소녀와
다 못 그려 더욱 슬픈
파란 하늘이었습니다

@ 두고 가서 슬픈 것이 어찌 파란 하늘뿐이겠는가. 불어오는 바람과 그 바람에 흔들리는 나무와 내리는 비와 눈이 있지 않은가. 비 갠 날, 죽는 줄도 모르고 말라가는 담장을 기어오르는 달팽이며, 이웃하여 함께 숨 쉬던 사람들, 결국 땅 위의 모든 것이 아닌가.

외로움 떨치기

산 위에 올라서는
보이지 않는 바다를 생각하지 않기

바닷가에 서서
저 멀리
공허한 하늘을 바라보지 않기

간혹
파란 하늘을 보더라도
다 잊지 못한
첫사랑의 아픔을 생각하지 않기

친구들과 놀 때
보지 못할 소꿉친구는 생각하지 않기

그래도 외롭다면

분명
멀리 있을 어머니를 찾아가기

휴~!, 휴~!, 휴休

밭매는 할매요!

힘 드시니껴?

'휴~!'

'휴~!' 하시지만 말고

휴休 하이소

@ 시골 어르신들은 농사일을 하면서 좀처럼 쉬지를 않는다. 안어르신, 즉 할머니 혼자서 일할 때는 더욱 그렇다. 연거푸 한숨만 내쉴 뿐, 쉬는 모습을 좀처럼 보기가 어렵다. 힘겹게 일어나 자리를 옮겨 쉰다고 해도 말동무가 있는 것도 아니고 새참에 먹을 음식을 준비해 온 것도 아니니 제자리에서 그냥 일하는 것이 나을 수도 있겠다 싶다. 대처에 나가 생활하는 딸 아들 생각에 쉬는 걸 잊어서인지는 내가 알 수 없는 일이다.

감나무 집

해 질 무렵

"까치밥도 없이 다 따버렸어요?"라는 말에

꼭지에 실 묶인 감 하나가
다시
나무에 매달렸다

행여 추울세라
디밀어 넣은 아궁이 불에
데워진 무쇠솥 식어갈 때

감나무 가지
헤집고 들어온 하얀 달그림자를
아내는
"잘 자요."라며
당겨 덮는다

@ 옹기종기 모여 앉은 노란 초가지붕 사이사이로 빨갛게 감나무에 감 익어가는 마을, 아침저녁이면 하얀 연기 몽실몽실 피어오르던 농촌풍경이 지금은 전설 속의 그림이 되어버렸다. 새마을사업으로 초가집이 없어지더니 이제는 태반이 양옥으로 바뀌었다.

무명 바지저고리 차림으로 무쇠솥 걸린 아궁이 앞에서 소죽을 끓이던 그 시절의 풍경을 이제는 정말 볼 수 없는 것일까.

기도 1

들에 핀 풀꽃처럼 살게 하소서

벌레에 먹히는 아픔도
찾는 이 없는 외로움도 이겨내게 하소서

그래도,
아픈 이를 보면 아파하게 하시고
우는 이를 보면 같이 울게 하소서

불어오는 바람처럼
흐르는 물처럼 살게 하소서

나뭇가지를 지날 때의 갈라지는 아픔에
바위에 부딪혀 깨어지는 아픔에
소리 내어 슬피 울어도 나무라지 마소서

당신께로 가는 걸음 정녕 멈추지 않게 하소서

그러나 저 앞,

희미한 가로등 아래 기대고 선

'유혹'에는 결코 들키지 않게 하소서

기도 2

눈을 뜨고 있어도
눈을 감고 있어도 빛을 보지

눈을 뜨면
빛 속에서 작은 십자가들 노래하고
눈을 감으면
빛보다 밝은 큰 십자가 앞에서 내가 노래하지

입을 열고 있어도
입을 닫고 있어도 나는 좋다네

입을 열면 찬양의 노래 들리고
입을 닫으면 부르심의 노래 들린다네

눈을 감아도
입을 열어도
보이고 들리는 것은 거룩한 것이라네

무명씨

목화씨만 무명씨인가
교과서에 실린 고전 문학작품은
심심찮게도 지은이가 무명씨다

읽어 줄 사람이나 있을지
쓰고
고치고
몇 번 읽다가 버리게 될지도 모를 것을

전깃불 환하게 밝힌 다락방에서
이름 없는 아저씨는
오늘도
깊은 밤을 끌쩍이고 있다

사랑 그릇

많이도 받았습니다

사랑 가운데서 태어나
모자람 없이 받았습니다

떨어지고, 던져지는 사랑을
그냥 '내 것'이라며 받았습니다

아직 숨 쉬고 있는 걸 보면
틀림없이 그렇습니다

이제,
더는 넘치도록 두지 않겠습니다
받은 만큼 비워가겠습니다

이제,
더는 담을 데가 없습니다
너무 많이 받았습니다

하녀와 어머니

전장으로 떠날 때

하녀는 신발 끈을 풀어놓지만
매어주는 건 그의 어머니다

살아서 돌아오면

하녀는 신발의 짝을 맞추지만
어머니는 신발 등에 입을 맞춘다

@ "나(세례자 요한)는 그분(예수님)의 신발 끈을 풀어드릴 자격조차 없다."

- 요한복음 1장 27절

밀레의 기도

쿡!

교회 종탑

십자가에 찔린 노란 저녁하늘

들판에 선 부부가 고개를 숙였다

양손을 모은 것은 종소리에 예를 갖춘 것일 뿐

그들의 기도는 진즉이 시작되었다

잡아당기는 줄에

멀리 퍼져가는 종지기의 기도 소리

그들 옆에서 '이삭줍기'를 하던 셋 아낙네

"배가 고파도 좋습니다. 그러나 기도할 수 있게 하소서."

밀레의 기도는 끝났다

그러나

그림 속 여섯 사람의 기도는 계속되고 있었다

허심청虛心聽

햇살 좋은 봄날

한길 옆 초가草家 마루에 앉아
꾸벅꾸벅 졸다 잠들었네

다 비우지 못한
식은 찻잔 앞에 두고

@ 사찰 경내에 들어서면 많은 전각殿閣들 중에서 '허심청'이나' 무심청'의 현판을 걸고 있는 비교적 작은 건물을 때때로 볼 수가 있다. 주로 스님들과 공양간의 보살과 절을 찾아오는 신도들이 쉼터로 쓰는 곳이다.

사전적 의미로 보면 허심虛心은 '마음에 다른 생각이나 거리낌이 없다.'라는 의미로 긍정적인 면을 많이 내포하고 있는 반면에, 무심無心은 '아무런 생각이나 감정이 없다.'라는 뜻으로 부정적인 의미로 많이 쓰인다.

사람들은 욕심을 버리고 마음을 비우라고 말한다. 그러면 마음에 평화가 온다는 것이다. 생각해 보면 허심이던 무심이던 마음을 비운다는 것은 정말 어렵다. 비우기 쉬운 찻잔도 다 비우지 못한 자리에서 태평하게도 모든 생각과 마음을 비우는 잠이라는 휴식을 가질 수 있기에 길게는 100년을 살 수가 있음이리라.

리스타트 -Restart-

문상 가는 날 아침
깊은 기지개를 켠다

심신 복구율 9할 8푼 7리,
전날 밤의 과음으로 회복률 저조

아침밥을 먹었으니 만충전이다
어제와는 또 다른 하루
다시 출발이다

앞집 이장 어머니
102세
어제 아침 심신 복구율 '0%'

까만 넥타이 매고 집을 나선다

제2부

빛보다 소중한 것

포근히
내려앉는 빛은 생명이다

그러나
언제부터인가

빛 속에서
포근히 나를 안아주는
아내가 더 소중한 걸 알았다

그렇다고
나를 '애처가'라고 놀리지 마라

아내가 떠나게 되면
내 눈물을 당신이 볼 수 있겠지만

빛이 사라지면
내 눈물을 보지 못하기 때문이다

니체Nietzsche여!

'신은 죽었다.'라는 당신의 말은 틀렸소

내가 아직 살아있는 것을 보면….

@ '신은 죽었다.' 이 땅 위에 악이 활개 치고 있어도 응징당하지 않는 것을 보고 '니체'가 한 말이다. 이 말은 또 어떤가. '귀신도 눈이 멀었지, 저런 인간 안 잡아가는 거 보면.' 살아오며 주위의 어르신들로부터 가끔씩 들어온 말이다. 못된 짓을 일삼는 사람을 두고 '왜 사느냐'고 탄식하며 하는 말이다. 눈먼 귀신이 있는지 알 수는 없지만, 니체의 '신은 죽었다.'라는 말과 같은 맥락이다.

절대자, 창조자인 신에 비해 인간의 나약함은 비할 바가 아니다. 신앙인으로서의 겸손한 자세로 다시 생각해보면 내가 존재하고 지금까지 살아 있다는 것은 기적이며 큰 은총이다. 기적을 뿌려주는 절대자, 창조자 없이 이 세상에 존재할 수 있는 것은 아무것도 없기 때문이다.

연인戀人의 힘

내 앞에
배 없는 강이 있어도 건널 수 있겠다

하늘에 별만 있으면
밤바다라도 건널 수 있겠다

수년 전부터 오르고 싶었지만
두려움에 오르지 못한
지리산 천왕봉이라도 오를 수 있겠다

너를 만났으니
날아갈 것만 같은 무거운 몸으로

얼굴에 미소 띠고
오늘도 훨~ 훨 난다

연인은
윤슬이란 이름의 내 손녀다

손녀 1

그냥
마냥 좋다

실없이
한없이 좋다

싱겁게도
바보스럽게도 좋다

근심
걱정 없애는 묘약妙藥이다

말로
글로 어찌 표현할까

꽃보다 이쁜 것이
'으앙' 운다

가슴 시려

두 팔로 감싸 안았다

@ 어르신들은 '눈에 넣어도 아프지 않을 것'이라고 손주들을 보며 이야기한다. 지금까지 살아오면서 좋은 일도 많이 겪었고 좋은 선물도 많이 받아보았다. 그러나 자녀를 결혼시켜 손주를 보게 되는 기쁨은 어떤 것에도 비교되지 않는다. 아마도 경험을 해 본 사람들이라면 '그래!', '맞아!'라며 수긍할 것이다.

자기가 낳은 아들, 딸보다 손자, 손녀가 더 귀하다는 어느 할머니의 말도 이제는 이해가 간다. 노후에 보게 되는 어린 손주들이 재롱은 부릴지언정 큰 속을 썩이지 않아서일 게다.

손녀 2

아침에 눈 가리고 나오며
"해밝아!"

식탁에 앉아서는
"머거지 마!"

@ 창으로 들어오는 아침 햇살에 '눈부시다'라는 말을, 맛 나는 음식을 자기가 먼저 먹겠다며 '먹지 마'라는 말을 아직은 제대로 쓸 줄 모르는 아이.

손녀 3

16 + 17 =
얼마야

6 + 7은 13
13에서
10이 올라갔으니 33이지
참 잘하네

슬아!
날씨가 참 좋구나
다리 아프면 말하거라

오늘은
내 손 잡고
멀리 걸어보자

손녀 4

뽀얀 얼굴
끝이 몇 번 잘려 나간 갈색 머릿결
까만 눈동자에
입술이 작은
'윤슬'이란 이름의 아이

늘
짓궂은 장난에
한 번 잠들면 열 시간을 자고
일어나서는
잰지 한 달도 안 된 키를 또 재달라며
줄자를 찾아 들고 오는 아이

'나 이뻐' 하고
웃을 때는
더 이쁜 꽃이 되고
울 때는
이슬 맺힌 꽃송이가 되는 아이

안구 건조증

당신의 두 눈이 건조하다면
비록
깊은 밤이라 할지라도
마당 밖으로 나가십시오

까만 하늘에 뜬 달을 보고
어머니,
멀리 계신 어머니를 부르십시오

그 옆으로 높이 있어
희미한 별을 보고
아버지,
대답 없는 아버지를 부르십시오

그래도
낫지 않는다면
돌부리 걷어차고 넘어질 때까지
밤이슬을 훔치며 걸으십시오

영해 어시장

중앙로에 있는
카페 모퉁이를 돌아서면
바로 어시장이다

동 코너를 점령한 생태
서 코너를 점령한 황태

바다 내음 토해내는 생태와
찬 서리 맞으며 힘을 기른 황태의 한판승부

내리치는 투박한 칼에
먼저 잘려 나가는 생태의 주둥이와 꼬리

"만 사천 원이시더."
검은 비닐 가운에 담기는 생태의 케이오 승

커피 향기와 물고기 비린내가 뒤섞인
영해 어시장 입구

황태는 파장 때까지 감은 눈을 뜨지 못했다

아내 1

요리, 조리사가
곤하게 자고 있다

만들던
보살피던
가꾸던
키우던
다듬던
긁어주던
지키던

측은한
미안한
고마운

조리, 요리사가
옆에서 자고 있다

@ 가족을, 아니, 나를 위해 대다수의 시간을 주방에서 보내는 아내의 능력은 가히 초인적이다. 젊어서의 육아는 기본이고, 여성이라는 이유로 주부가 되어 세탁이며 집 안 청소, 텃밭과 꽃밭 가꾸는 일까지, 온갖 궂은일을 도맡아 해 온 아내가 아닌가. 그중에서도 가장 큰일을 꼽으라면 내가 쉬 할 수 없는 삼시 세끼 밥 챙기는 일이다. 늘 해주는 밥만 먹는 나로서는 그저 감사하고 고마울 따름이다. 텃밭 가꾸기나 집 안 청소는 나도 가끔씩 도와주고 함께 하는 일이기에 더욱 그런 것이다.

나와 가족을 위해 365일 끼니를 준비하는 아내를 감히 어느 음식점의 요리, 조리사와 비교할 수 있겠는가.

아내 2

된장찌개 냄새에 식탁으로 다가갈 줄만 알았지
주황색 당근 껍질 깎아 먹으라며 내미는 거칠어진 손은 보지 못했네

연못가에서 올해 들어 처음 꽃피우는 수국의 청아한 모습에 눈이 팔려
먼발치에서 내 모습 담아내는 아내의 두 눈동자는 보지 못했네

꽃피우려 애쓰는 꽃들의 몸부림에 내가 안타까워하면서도
연못 가운데 솟은 꽃창포 잎에 붙어 껍질 벗으려 애쓰는 잠자리 애벌레를 보고 마음 아파하면서도

모래 한 가마니보다 더 무거울 짐 지고 도마 위에서 칼질하는 측은한 어깨를,
아픈 발 절룩이며 찻잔 들고 오는 발걸음을 일상日常으로 여긴 내 어리석음을 오늘에야 내가 알았네

천국의 기도

허공에

채워지는 외침

끝없이

이어지는 외침

들을 수 없는

듣지 않아도 알 수 있는 외침

나와

이것들이

너와

저것들이

낙원에서 부르짖는 소리 없는 아우성

아낌없이 주는 사랑

당신 말씀대로
다 내어주겠습니다

구멍 난 바지 주머니에 넣어 다니며
나누어 드리겠습니다

이곳, 저곳의 공중전화 부스와
우체통 위에도 얹어두겠습니다

그러다 힘에 부치면

바람 좋은 날 지붕 위에 올라
훨~ 훨 날리겠습니다

그래도
다 비우지 못한다면

당신께로 절대 가지 않겠습니다

성탄 전야

빛이 오시네
말씀이 오시네

못 보는 이가
빛 속에서 노래하고
못 듣는 이가
말씀 가운데서 춤추네

빛이 내 영혼 밝히고
말씀이 내 가슴 두드리네

고요한 밤이
거룩한 밤이 지나면
못 보는 이가 빛을 전하고
못 듣는 이가 말씀 전한다네

지금 사랑하겠습니다

불어오는 바람 속에 당신이 있으니
그 바람을 사랑하겠습니다

호수 위로 피어오르는 물안개를 보면
미소를 띠는 당신이기에
그 물을 사랑하겠습니다

잎 떨군 나목 아래서도
옛 추억을 잊지 않은 당신이기에
그 나무를 사랑하겠습니다

당신을 위해 조심스레 주어지는
이 시간을 사랑하겠습니다

바람도, 물도, 나무도
저 높은 곳에서 쏟아지는 햇살도
당신을 위해 있으니
나도 당신을 사랑하겠습니다

어제도 내일도 아닌
지금 사랑하겠습니다

종이 줍는 여인아

종이 줍는 여인아
주운 종이 몇 장은 돈으로 바꾸지 마라
그 종이로 두껍지 않은 공책 만들고 시를 써라

물 위로 입만 벌리면 붕어가 배고픈 것이라며
먹이를 줘야 한다던 어릴 때의 당신 손녀가

훗날
두껍지 않아 더 낡은 공책을 보며
당신 닮은 시를 쓸 수 있게

당신이 모아 만든 재생종이로
작은 시집을 만들 수 있게

말 못 하는
미소가 아름다운
거리에서 종이 줍는 여인아

비에 젖지 않은 종이 몇 장은 돈으로 바꾸지 마라

두 짐 나무꾼

점심 먹고 난 오후 긴 해에도

한 짐밖에 못하는
게으름뱅이
두 짐 나무꾼 될까 봐

내 어릴 적에
걱정하신 어머니

이제 와 돌아보니
여태껏 나무 한 짐 못했네

죄송합니다
이제 나무하러 갈게요

@ 하루해 동안 나무를 두 짐밖에 못하면 옳은 일꾼 대접을 못 받던 시절이 있었다. 1970년대 중반까지만 해도 연탄보일러나 기름보일러가 거의 보급되지 않았기에 대부분의 농촌 가정에서는 지게를 지고 산에 가서 나무를 해야만 했다. 그것으로 아궁이에 불을 지펴 밥을 짓고, 온돌방을 데워 추위를 면해야 했기 때문이다.

우리나라의 정오가 일본 도쿄(Tokyo)가 남중하는 시간에 맞추어져 있다 보니 오전보다 오후 반나절의 해가 길다. 해 짧은 오전에는 나무 한 짐, 오후에는 두 짐, 이렇게 하루에 석 짐은 해야 그날 나무꾼으로서의 체면치레를 하는 것이었다.

그 시절에 심심찮게 이 집, 저 집에서 터져 나오는 소리, “커서 두 짐 나무꾼 될래.” 이 말은 두 짐밖에 못하는 게으름뱅이 나무꾼 될까 봐 하는 말이 아니었다. 공부해서 공무원이 되든지, 가난한 농촌을 벗어나 대처로 나가 직장생활이라도 하길 바라던 부모들의 바람이었고, 어쩔 수 없이 농사꾼이 되더라도 온전한 농사꾼이 되라는 어머니들의 채근담이었다.

내가 시인詩人이라면

내가 시인詩人이라면

길을 오가는 사람들의 손에
한 송이의 이쁜 꽃을 들려주겠습니다

꽃을 좋아하는 당신에게
한 마리의 나비 날개를 달아주겠습니다

녹차 향, 허브 향기보다
아메리카노 커피 향기를 더 좋아하는 당신은
카페에서 나와 마주 앉아 있을 것입니다

만약에 내가 시인詩人이라면

떠오르는 일출의 장엄한 풍광을

늦은 저녁 강가에서
노을을 바라보는 당신의 뒷모습을

지금처럼 짧게
내버려 두지는 않겠습니다

어느 아버지의 바람

불어오고 불어가는 게 바람인데

출입出入하기를 좋아하던
어느 아버지에게 불어온 바람은 떠날 줄을 몰랐다

어느 날, 딸에게 들켜버린 아버지의 바람
"미안하다. 어쩌다 술김에…."

딸이
어머니에게 묻는다
"다시 태어나도 아버지와 살래?"

까맣게 모르는 어머니의 대답
"그럼, 내가 너거 아부지 말고 누구랑 살겠노."
"그래요, 엄마가 아버지 말고 누구랑 살겠어요."

딸은

아버지께로 불어와 맴돌던 바람만 보았지

떠나가는 바람이 있었는지는 끝내 알지 못했다

해변에서 쓰는 편지

이 가을이 다 가기 전에
좀
와 주지 않으실래요

당신은 벌써 잊었겠지만
바다는 당신을 잊을 수가 없다네요

다음 여름까지 기다리기에는
지난여름의 만남이
내 첫사랑처럼 너무 짧았답니다

당신에게로 다가갈 수 없는 바다를 대신해
내가 이 편지를 씁니다

바위에 부서져 하얀 눈물로 울고 있는

바다로

좀

와주지 않으실래요

제3부

성 돌과 담쟁이

나는
보지 못했다오

돌 붙잡은 푸른 담쟁이보다
더 싱그러운 것을

돌 붙잡은 가을 담쟁이보다
더 붉은 것을

붉은 담쟁이 등 두들기는 가을 햇살보다
더 눈부신 것을

오직
내가 본 것은

담쟁이에게 붙잡힌 늙은 성 돌이
고운 꽃나무가 된 사연뿐인 것을

산행 이야기

들판에 앉아
산을 바라보았다

바람이 내게로 불어왔고
물도 내게로 흘러왔다

꽃이 내 앞에서 피고 졌지만
산은 내게로 오지 않았다

정말이지
오래 기다려 주었지만
산은 내게로 오질 않았다

내게
꼭 필요한 산인데도 말이다

어느 사이에

내가

산을 향해 걸어가고 있다

강 뿌리 소고小考

흐르는 물을 거슬러 오른다

강물과 시냇물을 지나 가재 잡던 개울물을 지나면 더
는 물을 볼 수 없다

강 뿌리에 오르는 길은 언제나 수월치 않다

더는 오를 수 없는 뿌리의 끝자락

나무들의 엉킨 뿌리를 잔뜩 품고 비를 기다리는 강
뿌리는 언제나 하늘을 향해 높이 솟아있다

정상에 서서 강이 내준 생수를 마시며 더운 땀을 씻어
낸다

오늘 하산 길에는
뿌리가 내려보낸 강물 위로 하얀 물안개가 피어오른다

종鍾

제 몸 두들기는 새벽 종소리
십 리 밖의 잠든 사람 기도하게 하네

제 몸 태워 빛 밝히는 양초에 비겨
그 소임을 어이 못하다 하리

@ 물은 어김없이 낮은 곳으로만 흘러간다. 흐르다 더 낮은 곳이 없으면 제자리에 머문다. 그래서 '물이 지나간 길처럼 잘못이 없다'라는 의미로 법法자가 만들어졌다고 한다.

소리나 빛은 어떤가. 그것은 공정하기가 이를 데 없다. 위쪽이나 아래쪽은 물론이고 4면 8방으로 막힘만 없으면 어느 곳이든 찾아간다. 그게 쥐구멍이라도 말이다. 끝없이 자기를 낮추어 가는 물과는 또 다른 맛이 있다.

영혼 없는 일꾼

그냥
지나치지 말란다

한여름 무더위에도
아무에게나 와서 봐달란다

때리는 비바람에 얼굴이 따가워도
굳세게 자리를 지킨다

오늘은
힘겹게 떼어낸 종이 한 귀퉁이를
바람에 팔랑이며 불러 세운다

'주방 아줌마 구함!'
'숙식 제공'
'가족처럼….'

얼마나 지났을까.

남루한 몰골의 영혼 없는 일꾼은

품삯도 필요 없다며

전신주에서 몸을 떨군다

@ 거리에 나가면 기관이나 업소에서 내건 수많은 광고물을 볼 수 있다. 큰 것으로는 철 구조물로 된 대형 광고판과 선전용 현수막이 있는가 하면 작은 것으로는 벽이나 전신주에 풀 없이 바로 붙일 수 있는 스티커라는 인쇄물이 있다.

광고뿐이 아니다. 사람의 일을 대신하는 것들이 이 시대를 살아가는 우리 주위에 너무도 많다. 모두가 사람들이 당신들의 편의나 이익을 위해 만든 것들이다. 밤길의 통행을 위해 설치된 가로등이 그렇고, 언제 찾아올지 모를 목마른 사람을 위해 같은 자리에서 물을 머금고 기다려주는 공원 쉼터의 수도꼭지가 그렇다. 멀리 가서 소식을 전해야 하는 수고를 들어주기 위해 평생을 한 길에서 보내는 우체통이 있고, 집안에 들어오면 전화기가 놓여 있다. 전기 콘센트와 전등이 사용해 주기를 기다리고 있는가 하면, 벗은 옷을 나에게 달라며 서서 기다리는 옷걸이도 있다.

이런 것들은 품삯을 달라며 보채지도 않고 탈이 나지 않는 한 사람들처럼 약속을 어기지도 않는다. 옛날 왕궁 안에서 내시며 상궁 무수리들이 하던 일이고, 반가 사대부집에서는 하인들이, 민가에서는 가장家長을 위시한 식솔들이 스스로 힘들여서 하던 일들이다.

작아지는 나무

시원한 그늘에

홍시까지 주던 나무가

이제는

톱만 들면 바르르 떤다

새로 만드는 가지보다

썩어 떨어뜨리는 가지가 더 많아

키 크기를 멈춘 나무

오늘은

가는 줄기에 몇 안 되는 빨간 감 달고

썩은 가지 위로 까치를 초대했다

'나 아직 죽지 않았다!'라며

더 애처로운 것은?

장미가

더

사랑받으려 몸부림쳐도

가시를 떨쳐낼 수 없다는 것

복어가

더

사랑받으려 몸부림쳐도

몸 안의 독을 떨쳐낼 수 없다는 것

파랗게

어린 소나무가

바늘 잎

바람에 흔들며 즐거워하면서도

몸에 붙은 송충이를 떨쳐낼 수 없다는 것

위대한 합창

오늘

가을 산행에서 내가 본 것은

오르는 산길을 삼원색으로 장식한

정상에 모여 한 송이 꽃이 된

내려오는 길 위에 웃음꽃을 뿌린

출산의 고통을 까맣게 잊은

위대한 아주머니들의 합창이다

@ 남자들만 있어 딱딱하고 삭막하던 자리에 아주머니 몇 사람이 끼어들면 금방 분위기가 부드러워진다. 처음부터 아주머니들만 모인 자리는 어떤가. 대화 중에 웃음소리가 끊어지지 않는 것이 남자들만 모인 자리와는 사뭇 다르다. 잘 모르긴 해도 남자들만 모인 자리가 여성들이 모인 자리만큼 온화하지 못한 것은 지질시대의 장구한 원시 문화를 살아오면서 식솔을 먹여 살리고 지켜야 하는 책임 때문에 본인 이외의 남자들은 경계의 대상이자 경쟁자로 여기며 생활해왔기 때문일 것이다.

아주머니들이라는 윤활유가 있기에 사회라는 수레의 바퀴가 부서지지 않고 굴러가는 것이리라.

아내의 꽃밭에

끝내 눈은 내리지 않았다

지난해 봄부터 꽃밭에서 살던 아내가
눈 내려앉으면 곱다며

곧추선 원추리 꽃대며
국화꽃 마른 줄기 남겨두었건만

@ 아내는 꽃을 좋아한다. 그렇기에 겨울이 아니면 마당에 늘 꽃이 있다. 한창 꽃이 필 때 모처럼 집을 방문하는 사람들은 너도나도 "예쁘다.", "이 많은 꽃을 어떻게 가꾸어요?"하고 연신 감탄한다. 주택을 새로 지으며 꽃밭을 많이 줄였는데도 말이다.

사는 곳은 영남지방이고 동해 해안선을 끼고 있어 눈이 잘 오지 않는다. 그래도 수년 전까지는 겨울에 한두 번 눈이 내려주어 크게 아쉽지 않았는데, 최근에 와서는 지구 온난화의 영향인지 몇 해째 눈이 오지 않고 있다.

수년 전의 겨울이었다. 내린 눈으로 화단의 마른 꽃가지에 눈이 붙었는데 아내는 '곱다.' 라며 휴대폰으로 사진을 찍어 보여주었다. 그 후로 아내는 늦은 가을이면 화단을 정리하며 마른 꽃가지들을 남겨두는 습관이 생겼다. 눈이 좀처럼 오지 않는데도 말이다.

공원묘지에서

여기,
잘 가신 이들이
나란히 누워있습니다

눈은
소원하던 하늘에 두고
머리를 한곳으로 나란히 누웠습니다

이럴 줄 알았더라면
'잘 가!'라는
가슴에 못 박는 인사는 하는 게 아니었습니다

차라리
'내일 봐요!'라 할 걸 그랬습니다
그것은 다시 만나자는 거룩한 '약속'입니다

'잘 가!'라는 말에
애써 생을 마감한 이들이
나란히
나란히 누워있습니다

명당

오랫동안
벼락이 떨어지지 않는 곳

화산활동이 멈춰있는 기적의 땅

눈 내리는 겨울 당신을 만나
짧지 않은 세월을 함께한 곳

빨강,
노랑 꽃 피면
하얀 나비 찾아오길 기다리는 곳

봄날
간신히 내린 첫눈에
작은 눈사람 만들어
다 녹을 때까지 함께 바라보는 곳

길 위의 편지

아버지 가신 길 위에서
어머니께 드릴 편지를 씁니다

길게
길게 쓰다
결국 부치지 못했습니다

길 끝에서
아버지보다 몇 걸음 먼저 나와
기다리던 어머니를 만났습니다

다 못 쓴 편지를 꺼내 들었습니다

"야야! 힘들었제"
"왜 이리 빨리왔노"

놓아버린 편지가 걸어온 길 뒤편으로
멀리 흩어져 날아갑니다

아침에는 미워하지 마라

아침에는 미워하지 마라
아침은 그냥 오는 게 아니다

산 너머
바다 건너 마을에
어둠을 덮은 다음에야 오지

아침은 눈부신 빛으로 오기에
밤새껏 차갑게 떨던
수많은 별들이 잠 들어야 하고
어머니 얼굴 같다던
달마저도 떠밀려 나야 하지

내일을 약속하며 잠든 당신이
깨어나 처음 만나는 아침이기에

낮보다

저녁보다

밤보다

찬란한 빛으로 찾아온 아침에는

아무것도 미워하지 마라

폭설暴雪

쌓인 눈 위로 눈이 온다
눈이 오는데도 그냥 섰다

눈만 오면
작게나마 눈사람을 만들던 내가

때로는
뭉쳐지지 않는 싸락눈에 속상해하던 내가

눈이 오는데도 그냥 섰다

쌓인 눈 위에 눈을 더하는 곳은
처음부터 내가 사는 곳이 아니기에

지금 떠나야 할 곳에서
멍하니 내리는 눈을 맞고 섰다

@ 나는 눈이 내릴 때나, 하얗게 쌓아놓고 그쳤을 때나, 쌓인 눈 위에 눈을 더하는 모든 눈이 좋다. 초등학교 시절, 눈 내린 풍경이 겨울 '방학 생활'의 책 표지를 단골로 장식하던 것을 지금도 잊지 못한다. 어린 손녀에게 눈이 오면 눈사람 만들어 준다고 약속했건만 그 약속을 4년째 지키지 못했다. 이제 더는 미룰 수가 없다. 오는 겨울에는 반 약속이라도 지키려면 가까운 눈썰매장이라도 다녀와야 할 것 같다.

오늘 아침

이 밤이 지난 후에
꼭
당신께
안겨 드리고 싶네요

오늘

눈뜨기가 무섭게
내게로 찾아와
하루 종일 머물다 간 것

내가 당신을
당신이 나를
종일
바라볼 수 있게 하는
'오늘 아침'이라는 것을 말입니다

@ 우리 인간들은 늘 오늘에 살아간다. 어제에도 살 수가 없고, 내일에도 살 수가 없다. 내일에 살아보려면 내일까지 살아있어야 하고, 그렇게 살아서 기다린 내일이 닥치면 또 오늘이 되고 만다.

눈을 뜨는 순간에 찾아오는 '오늘 아침'은 우리가 매일 살고 있는 오늘, 어제와 조금은 다를 수 있는 오늘 하루의 시작이다. '오늘 아침'이야말로 신이 나에게 내린 최고의 선물이며 기적으로 주어진 것이다. 단 하루라도 허투루 쓸 수 없는 이유로 충분하다.

마지막 시인

이끼 낀 바위 옆
얼음 아래로 흐르는 물이 있고

앞마당에서 노랗게, 희게
두 번 꽃피우는 민들레가 있으니
당신은 머물러야 하오

세월 못 이겨 떨어져 바람에 날리는
플라타너스 마른 잎사귀가 있고

파도에 씻겨 평평해진 모래밭이
발자국을 기다리고 있으니
당신은 머물러야 하오

성급히 온 추위에
다 떨구지 못한 빨간 담쟁이 이파리가
눈 덮여 상고대가 된 걸 보면
당신은 그것을 그려야 하오

온 세상에
'스피노자'가 심은 한 그루의 사과나무뿐이어도

시인 당신은
보는 사람 없어 외로워할
그 사과나무를 그려야 하오

눈의 눈물

중부 전선에는 눈이 온다는데

겨울 한가운데서도
이곳은
눈이 아닌 비다

눈이 되지 못한 서러움에
눈물 되어 떨어지는 빗물이다

어쩌다 눈 내린 날이면
눈을 치우면서도 눈 오길 기다렸는데

소설小雪 무렵이면 눈이 오고
대설大雪 무렵이면 많은 눈이 내릴 수 있다고
생전에 아버지가 말해 주셨는데

눈은 나에게서 언제까지
이렇게 귀해야만 하는 건지

중부 전선에는 큰 눈이 온다는데

세월의 노래

내가
오라고 했나, 가라고 했나
오면, 피고, 피면, 날아오는 것을

내가
여름을 생각하면 시원한 녹음이 왔고
가을을 이야기하면
금세
이슬과 서리 앉는 단풍이 왔지

나 몰래
당신이 눈 내리는 겨울을 생각했을 때는
어느 해보다 더 많은 눈이 내렸고

"지구 온난화 때문인가?
겨울이 겨울 같지 않다."라는 당신의 말에
봄에게 꼬리를 밟힌 그해 겨울은 유난히도 춥고 길었지

내가 무슨,

가라고 했나, 오라고 했나

밟고 있던 꼬리에서 발을 떼고

겨우 찾아온 봄

갓 집을 나온 꿀벌이 밟고 간 노란 개나리 꽃송이를

작기만 한 흰나비가 또 밟고 있는

지금은 봄이라네

계곡의 나뭇잎

봄부터
연두색 물감으로
계곡 물에 빠져

여름 다 가도록
초록으로 허우적대더니

쌀쌀해진
겨울 초입에
더는 참지 못했나

어미 나무 아래로 올라와
빨갛게 잠들었네

석불石佛의 기도

한 마리 나비가 되게 해 주오
한곳만 바라보는 것도
같은 말을 듣는 것도 이제는 지겹다오

딛고 선 돌이 내 어미 돌인지 나는 모른다오

둘러선 십이지신상이
내 형제 돌인 걸 잊은 지 오래라오

내게로 오르는 사람에게 밟히는 계단돌이
친구 돌이라도 상관없소

내 뒤의 대웅전을 한 번이라도 볼 수 있다면 말이오

온갖 번뇌에 싸여 석등에 불 밝히는 사람보다

이거 달라 더 달라며
내 앞에 엎드려 보채는 사람보다

가벼이

훨훨 날 수 있는 한 마리의 새가 되게 해 주오

@ 식상할 만도 하다. 와서 합장하는 사람마다 듣지 않아도 알 만한, 그렇고 그런 소원을 늘어놓으니 말이다. 어느 한 사람 노천에서 비바람에 시달리는 석불을 애처롭게 생각해 주었고, 벼락이라도 맞을까 걱정해 주었던가. 한 해에 한 번이라도 대웅전을 바라볼 수 있게 돌려세워 주었던가 말이다.

차라리 허수아비였다면 어쩌다 바람에 흔들려 돌아설 수도 있었음이련만, 석불 스스로가 할 수 있는 것은 아무것도 없다. 눈앞을 날아다니는 새와 나비가 왜 부럽지 않겠는가. 오히려 소원을 빌어야 할 것은 석불이 아닌가.

제4부

수도꼭지

오늘
아침에 보았네

음지에서
얼음물 품고
외로움 이겨가는 너를

저녁 잠자리에
누워서야 알았네

길고
긴
겨울 다 가도록
지난 여름날의 달콤했던 입맞춤을
꿈꾼다는 것을

삼원색

따뜻한 봄날 초록을 담았다
파릇파릇한 잔디밭에서

햇살 따가운 여름 파랑을 담았다
정열 넘치는 푸른 바다에서

바람 스산한 가을 빨강을 담았다
저무는 태양의 노을에서

눈 내리지 않은 겨울
담은 바구니를 쏟아부었다
눈앞의 온 세상이 환해졌다
그것은 말갛게 눈부신 빛이었다

뜰 마당에서 빨강을 담았다
붉게 핀 장미꽃 색깔이다

들판에 나가 노랑을 담았다
아름다운 유채꽃 색깔이다

뒷동산에서 파랑을 담았다
햇살 좋은 날의 하늘 색깔이다

골목길에서 담은 바구니를 쏟아부었다
온 세상이 까매졌다
그것은 무서운 어둠이었다

깜짝 놀라 꿈에서 깨어났다

다시 올려다보는 하늘에서는
빨강, 파랑, 초록으로 조합된 밝은 햇살이
소리 없이 땅 위로 뿌려지고 있었다

@ 〈대한민국 미술대전〉에서 '남부 정류장'이란 주제의 유화 작품으로 '대상'을 수상한 '정석수' 화백은 대학에서 서양화를 전공한 하나뿐인 나의 남동생이다. 뿐만 아니라 그의 작품이 '금성출판사'가 발행한 『고교미술』 교과서에 실리기도 했다. 부모로부터 유전인자를 물려받아서인지는 몰라도 우리 남매들은 모두가 예술 분야에 소질이 있다. 동생보다는 못했지만 나도 미적 감각이나 색깔 배합에는 일가견이 있다. 중학교에 가서는 튜브에 담긴 수채화용 12색 물감을 사용했다. 물감을 반 정도 써 갈 때면 먼저 떨어지는 한두 가지의 물감이 있었다. 이럴 때면 배운 대로 팔레트 위에 두 가지 색의 물감을 배합해서 사용했다. 노란색과 파란색을 섞으면 곧잘 초록색이 만들어졌고, 빨간색과 파란색을 섞으면 보라색이 잘도 만들어졌다. 많이 쓰는 검정색이 떨어지면 서너 가지의 어두운 색을 물과 함께 섞어서 썼다.

빛으로는 검은빛을 만들 수가 없다. 빛깔은 어느 하나만으로도 밝음이다. 완전한 밝음은 아니지만 말이다. 하나의 빛깔에 다른 빛깔을 더하면 다른 빛깔의 더 밝은 빛이 된다. 빨간빛과 초록빛이 더해지면 더 밝은 노란빛이 되고, 빛의 삼원색 모두를 더하면 말간(무색투명) 빛이 되는 것이다.

성경에서 하느님은 우리들에게 '빛'과 '소금'이 되라고 말한다. 인간으로 태어나 빛 같은 존재로 살다 죽는다는 것이 불가능한 것만은 아니다. 빛처럼 살다 간 수많은 성현이나 위인이 있지 않은가.

죽을 권리權利

청춘아

너는 아직 살 권리가 소중하지

그러나 훗날에 알게 될 거야

죽을 권리가 더 소중하다는 걸

절대로 빼앗기면 안 된다는 걸

@ 대부분의 사람들은 죽음을 필연적인 것이고 당연한 것으로 생각한다. 마치 새벽에 날이 밝고 저녁에 해가 저무는 것이나, 피웠던 꽃이 낙화가 되는 것처럼 생각하는 것이다.

그러나 조심스레 생각해 보면 당연한 것이란 없다. 서산으로 넘어간 태양이 내일 꼭 떠오르리란 보장이 없기에 당연하지 않을 수 있다는 것이고, 죽음 또한 마찬가지다. 신앙인으로서 생각해보면 더욱 그렇지 않은가. 인간들이 필연적이고 당연시 여기는 것들을 절대자이신 그분은 한순간에 거두어 갈 수가 있기 때문이다. 태어났으면 꼭 죽는다는 것은 인간의 생각이지 신의 영역에서는 그게 아니다.

죽음은 삶의 한 부분이자 휴식으로 들어가는 변곡점變曲點이다. 죽음을 진정한 휴식으로 생각한다면 그것은 축복이기에 죽을 권리를 부여해 준 절대자에게 감사해야 한다. 이쯤 되면 어찌 '죽을 권리'를 처음부터 당연히 내 것이라고 쉽게 말할 수 있겠는가.

내가 미워하는 것은

내가
미워하는 것은
쌓인 눈 위로 내리는 빗물이다

봄의 연두 빛깔도
지난해에 떨어져 검게 변해버린 낙엽을
다 감추어 주지 못하기에

고운 가을 단풍도
고추잠자리들의 주검으로 붉게 물든 대지를
다 덮어주지 못하기에

눈 내리는 날이
하얗게 눈 덮인 날이
보름을 두 번씩 넘길지라도
나는 그 순백의 눈부심으로 행복할 것이기에

내가

미워하는 것은

생채기 나지 않은 눈을 녹이는 빗물이다

다시 봄

한 사람이 태어났다
또 한 사람이 태어난 건 따뜻한 봄이었다

두 사람이 만났다
그들이 사랑을 나눈 건 불같이 뜨거운 여름이었다

한 사람이 낙엽처럼 스러져 갔다
혼자라서 외롭고 쓸쓸한 가을이었다

남은 한 사람도 스러져 갔다
추억마저 사라진 삭막한 겨울이었다

한 아기가 태어났다
멀지 않은 곳에서 또 한 아기가 태어났다

@ '봄'에 대해 생각해보자. 봄은 그냥 봄일까? 이미 여러 해를 살아 온 사람이라면 봄은 다시 맞이하는 봄이고 새로운 봄, 즉 새봄이다. '봄'이라는 한 글자에는 으뜸꼴(기본형)의 '보다'라는 의미를 품고 있다.

영어 단어의 'spring'과 연관 지어보면 재미있다. 'spring'은 '춤추다', '튀어나오다'는 뜻으로 번역된다. 숨어있던 것이 튀어나오고, 춤추면 비로소 인간들이 볼 수 있게 되니 우리나라의 '봄'이란 단어와 'spring'이란 서구의 단어가 절묘하게 연관 지어진다.

살아있어 아침 해를 보는 것처럼, 건강하게 봄을 맞이하는 것은 큰 축복이다. 겨울 동안 잠자다 땅을 박차고 튀어나오는 개구리며, 얼음도 다 녹지 않은 개울가에서 눈뜨는 버들강아지, 온갖 꽃들과 벌과 나비를 새봄에 볼 수 있다.

집안 어두운 곳에 깊이 숨겨져 있던 씨앗들이 밖으로 나와 햇볕을 보는 것도 이 시기다. 새로운 한 해를 기대하며 씨앗을 뿌리는 봄은 희망의 계절이며 다시 힘내서 한 해를 살아보겠다는 약속의 계절이다.

벼락이 비켜 간 자리에서

용하다
몰아치던 천둥소리 가운데서 살아남았으니

그게 어디 간밤의 꿈 덕분이랴

벼락이 비켜 간 자리 위로
하늘에서 내려오는 눈 부신 햇살

새해 첫날부터
달라고
주라고
애타게 조르던 만萬가지 복福을
쏟아지는 비처럼 맞고 있다

하늘이 빨간 마을

가지

산 너머
하늘이 빨간 마을에

강 건너
땅이 파란 마을에

달 뒤편으로
기러기
숨어 날아가는 마을에

걸어서 가지

길가에
곱게 핀 채송화를 보아도
엎드리지 말고

여름

매미 울음소리에 놀라
땅에
뚝 떨어진
느티나무 그림자가 좋은 것은

내 앞에서
적나라하게 쪼개진
수박 때문 뿐이겠는가

나무
평상 위에서
잠이 들 수도 있음인 것을

@ 여름날의 나무 그늘이라면 느티나무 그늘이 단연 으뜸이다. 다른 어떤 나무보다 크게 자라고 그림자가 두껍기 때문이다. 나무 그늘이 비닐이나 천으로 된 차양막遮陽幕보다 시원한 것은 나무 잎사귀들이 태양의 열기로 데워진 물은 내뿜으면서 차가운 지하수를 끊임없이 빨아올려 품고 있기 때문이다. 시원한 지하수를 잔뜩 머금은 물 양산을 쓰고 있는 것이니 시원할 수밖에 없는 것이다.

수박 이야기가 나왔으니 말인데 어렸을 때 일이라 어느 마을, 누구네 밭이었던지는 기억할 수 없지만 일요일이나 방학 때면 원두막에서 참외나 수박을 먹으며 더위를 식힌 적이 있었다. 그때 내가 본 원두막들은 지어진 모양들이 대개가 비슷했다. 한옥의 서까래로 쓰였음직한 둥글고 곧은 나무 네 개로 기둥을 세우고, 어른 키보다 조금 높게 일층 없는 이층바닥을 평평하게 만들어 사람이 앉거나 누워서 쉴 수 있게 만들었다. 그 위로는 삿갓 모양의 볏짚 지붕을 씌웠었다. 이층에는 따가운 햇살과 들이치는 비바람을 막을 수 있도록 들어 올리고 내릴 수 있는 짚 가림막을 발처럼 엮어서 사방에 둘러쳤다. 힘들여 지은 원두막이기에 한 해만 쓰고 마는 것이 아니었다. 해마다 여름철이 되면 허술해진 곳을 보수해가며 수년 동안 반복해서 사용했다.

사람이 생활하는 집은 아니었지만 원두막에 올라갈 때면 늘 신이 났다. 얼기설기 만들어진 사다리를 조심스레 딛고 이층으로 오를 때면 올라가는 재미에다 시원한 곳에서 수박을 먹을 수 있다는 생각이 더해지곤 했으니 말이다. 그 시절의 원두막은 수박이나 참외를 남들이 따가지 못하게 지키는 전망대의 용도로 지은 것이지만, 농사 일에 힘든 농부들의 쉼터가 되기도 했었다. 어릴 적에 본 원두막이 있는 풍경이 아련하게 떠오른다.

참새 떼

후두두두
저쪽인가 했더니
이번엔 내 머리 위다

전깃줄에 앉으니
바로 그려지는 천연악보天然樂譜다

악보에서 울려 퍼지는
콩나물 대가리들의 노래

짹!
'물 한 모금 준 적 있나요.'

째엑!
'내 마음이 아프답니다.'

째에엑!
'제발, 이삭줍기는 하지 마세요.'

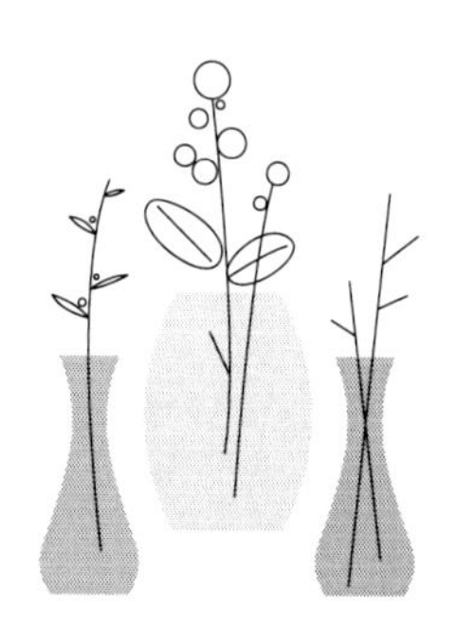

@ 전깃줄에 앉아 울어대는 것이 어디 참새뿐인가. 내가 어릴 적 만 해도 가을철의 제비가 있었다. 강남 갈 준비를 하며 전깃줄에 떼 지어 앉은 것을 보면 그 모양이 음악책에 그려진 악보와 흡사 했다. 거기에다 지저귀는 소리까지 있으니 스스로 연주하는 악보가 아니던가. 요즘은 환경오염 때문에 개체 수가 줄어서인지 가을이 되어도 전깃줄에 모여앉아 지저귀는 제비 떼를 보기가 어렵다.

이상향

1

오래 오면 좋겠습니다
많이 오면 좋겠습니다

잠들어 있을 때라도
길을 걷고 있을 때라도

더는 눈사람 만들 수 없는 얼어버린 눈 위로
다시 내리면 좋겠습니다

성탄절 카드와 연하장의 그림처럼
소복이 쌓일 눈이
지금 내려주면 좋겠습니다

노란 불 밝힌 눈 덮인 초가집 문을
한 번이라도 열어 봤으면 좋겠습니다

2

어두워졌습니다
어서 등불을 밝히세요

벽난로에 불을 지피고
큰 불꽃 사그라지면 고구마도 구워내세요

창밖에 안데르센의
성냥팔이 소녀는 없어도

까맣게 보이는 집 창문에서
불빛 새어 나오는 밤 풍경을
멀리에서 내가 보고 있답니다

밖에 눈이 오기 시작했거든요

@ 성탄절을 앞둔 12월의 미술 시간이면 크리스마스 카드를 만들던 학창 시절의 기억이 지금도 선명하다. 알맞게 자른 켄트지 위에 금박지 은박지로 교회당과 트리와 리본, 별 등 온갖 성탄절에 어울리는 이미지를 오려 붙이고, 카드 상단에는 예술체로 '메리 크리스마스!'라고 영문으로 그려 넣었다. 그 위로 풀(묽은 '왕자 풀')을 칠하고 반짝이 가루를 뿌려서 말리면 완성되었다.

그에 반해 문구점에서 팔던 크리스마스나 연하장 카드는 또 다른 맛이 있었다. 카드 앞 장의 그림이 너무 고와서 어느 것을 살까 고르다 결국에는 여러 장을 사기도 했었다. 지금처럼 SNS로 인사를 주고받던 시기가 아니었기에 보낼 곳도 많았지만, 내지內紙에 인사 글을 쓰다 몇 장을 버리기도 했기 때문이다.

카드의 배경이 된 그림은 주로 하얗게 눈 덮인 고궁이나 고즈넉한 농촌 풍경이었다. 그 가운데서도 창으로 노란 불빛이 새어 나오는 교회당이나 외딴집이 있는 밤 풍경은 가히 환상적이었고 유토피아라 할 만했다. 그 시절에 그런 그림을 본 사람들이라면 모두가 한 번쯤은 '이상향'으로 생각하지 않았을까 싶다.

고래불해수욕장 1

고래가 없으면
바다가 아니지

고래가 없으면
고래불이 아니지

고래가
내게 올 수 없으니

풍덩!

하얀
거품 꽃 그리며

내가
고래 보러 가야지

고래불해수욕장 2

파도에 쓸려 깎이는 아픔에
고래불의 모래가 울지

목은 이색의 죽음에
고래가 울었던지는 내가 몰라도
고래불의 모래는 지금도 울지

싸아~
싸아~

어쩌다 파도가 멈춰 그 울음이 그치면
하얀 꽃 그리지 않는 슬픔에
그만 내가 울고 말지

고래불에서 부서지는 파도야

내 가슴에 싸~ 하게

파고드는 통증을 네가 안다면

모래가 통곡해도 좋으니

하얀 꽃 그리는 너의 춤을

제발 멈추지 마라

@ 고래불은 경상북도 영덕군 영해, 병곡 2개면에 걸쳐 초승달 모양으로 길게 펼쳐진 모래 해변이다. 백사장의 길이가 4.6km이니 10리가 넘는다. 연안에 오염물질을 유발하는 산업시설이 없어 수질이 좋을 뿐만 아니라 동해안 가운데서도 백사장의 모래가 좋기로 유명하다. 그것은 일대 해안의 경사도傾斜度가 해수욕장이 만들어지기에 알맞아 잘지도, 그렇다고 너무 굵지도 않은 모래로 사구(모래언덕)가 만들어졌기 때문이다. 해안의 경사가 가파르면 자갈(몽돌) 해변이 만들어지고, 완만하면 서해안처럼 개펄해변이 만들어진다.

고래불이란 이름이 붙은 것은 영해에서 태어난 고려 말의 대 유학자 목은 이색牧隱 李穡이 관어대觀魚臺에 올라 바다에 고래가 노는 것을 보고 지은 이름이라고 한다. '불'이란, 경상도 동해안 지방의 방언으로 모래 해변을 일컫는 말이다. '장사상륙작전'으로 잘 알려진 영덕군 남정면의 장사리長沙里 해변을 예로부터 길이가 길다고 '진불'이라 하였고, 영덕군 축산면의 '영덕대게' 원조 마을인 경정리를 배가 정박할 수 있는 해변이라 하여 '뱃불'이라고 부른 것을 보면 잘 알 수 있다.

낙엽에 붙은 또 다른 눈물

찬바람에
떨어진 낙엽을 눈물이라 했더니

잎사귀 뒤에 붙은
작은 나무 한 그루가 있었네

바람 불어 나뭇잎 흔들리면
뿌리째 흔들리는 나무

평생
이파리도 열매도 달아보지 못한
작은 나무가

떨어지는 낙엽에 온몸 맡기고
나목으로
바삭
말라가고 있었네

산이 없어 심심할 때면

가다가 바위를 만나면
물이 되어 노래하며 가리

가다가 강을 만나면
말라 떨어진 한 잎 나무 이파리 되어
물 위를 흘러가리

가다가 산에 막히면
어머니 품에 안긴 아이처럼 쉬어가는 물이 되리

바위가 없어 심심해지면 바위가 되고
물이 없어 심심해지면 물이 되리

산이 없어 심심할 때면

내 어릴 적에 푸르던 떡갈나무 잎
다 마른 이파리 품고 있는
아버지 같은 산이 되리

겨울바람 이부합창二部合唱

바람이 불어오다 장미 가시에 찔렸다
그 아픔에 우는 소리
휘~

장미 가지도
부딪히는 바람에 못 참고 운다
잉

둘의 울음소리가 화음이 되었다
휘~잉
휭

바람이 불어오다 전깃줄에 찢어졌다
그 아픔에 우는 소리
위~

끊어질 것 같은 아픔에 전깃줄도 운다
잉

둘의 울음소리가 화음이 되었다
위~잉
윙

찬바람이 춥다며 대문을 두드린다
떨거덕~

대문은 쉬 열리지 않는다
삐거덕~

긴 겨울밤 다 가도록
떨거덕~ 삐거덕~

세월의 얼레

코로나19에 신음하는 가을에 걸터앉아
풀어 온 세월의 얼레를 감는다

어제라 불리는 날이 얼레에 감기고
뜨거웠던 지난여름도 그 위에 감긴다

달아오른 얼레
속도가 붙은 얼레는 잘도 감긴다

교복을 입은 학창 시절이 감기고
발가벗은 어릴 때의 모습이 가까이로 당겨왔다

깜짝 놀라 감던 얼레를 놓쳐버렸다

다시 어머니 뱃속으로
들어갈 수는 없는 노릇 아닌가

감았던 세월이 한순간에 풀어졌다

정신을 가다듬은 눈앞에는
하얀 마스크를 쓴 사람들의 머리 위로
단풍이 곱게 물들고 있었다

기다림

좀처럼 열리지 않는
까만 철 대문 위로
잠깐 친구라도 돼 주려는 듯
외잠자리 황급히 날아들었다

길게 맨 빨랫줄이며
높이 솟은
원추리 꽃대까지
모두가 제 자리인 양
여기저기 욕심스레 앉았다가는
이내 날아오른다

손녀 아기 잠재운 따가운 햇살에
축 늘어진 호박 덩굴은
너무 길다
임자 없는 여름날의 오후

@ 기와가 올려져 있던 한옥이 흰색 양옥으로 바뀐 지도 수년이 지났다. 까만 페인트가 칠해져 있던 철문은 없어졌고, 나지막하게 만든 담장은 대문 없이 골목길과 바로 연결되었다.

그동안에 변한 것이라면 없어진 대문만이 아니다. 손녀가 자라 어린이집을 나가고 있으니 집을 지켜야 하는 시간도 많이 줄었다. 요즘 유행하는 '다 지나간다.'라는 노랫말에 틀림이 없다.

입동立冬

1

칼이 온다

서릿발처럼
시퍼렇게 날을 세운 칼이 온다
가을 속에 숨어있던 칼이 온다

당신이 곱다던
노랗게 붉은 잎을 치려고 온다

당신이 달다면서도 손대지 않은
노랗게 붉은 열매를 치려고 온다

스산해진 바람마저도
떨어져 눈물이 된 낙엽마저도
휑하니 날려버릴 칼이다

흐르는 강물도

출렁이는 바다의 파도도

서릿발처럼 차디찬 칼로 얼려버릴 칼이다

삼국을 통일한 김유신도

귀주대첩의 강감찬도 이기지 못할 칼이다

3월의 연두색

어린 풀 이파리가 무섭다며

개여울의 버들강아지가 무섭다며 도망칠

서릿발처럼 차가운 칼이 온다

2

칼이 온다

가을에서 빠져나온 차디찬 칼이 온다

내 어릴 적에
아이들이 따라다니며 놀리던
'아바이보'를 죽인 칼이다

'아바이보'

한여름에도
두터운 검정색 오버 코트를 입고
집 나간 아내를 찾겠다며 시장을 돌아다녔고
버스정류장에서
오지 않을 아내를 한없이 한없이 기다리던
뜻 모를 별명을 가진 '아바이보'

앉아서는
땅바닥에다 아무도 알아 볼 수 없는 글을
나무꼬챙이로 그리곤 하던 '아바이보'

어느 날
볏짚 속에 숨어 자던 그 '아바이보'를
기어이 찾아내어 얼려 죽인 칼이다

칼이 온다

가을이라는 칼집에서 빠져나온
차디찬 세월의 칼이 온다

그날

1

그날은
다행스럽게도
한길에 비가 내리지 않았고
다방 창밖으로 눈도 내리지 않았지

아마도
저녁밥 먹을 시간쯤이었을 거야
그것은 훗날의 사건이 되었어

작은 테이블에 말없이 마주 앉은
두 사람 머리 위로
유심초의 '사랑이여'라는 노래가
눈비처럼 쏟아졌지

내가 오늘
이 이야기를 하는 것은

멀리 떠나온 곳이라
아는 사람 없는 어느 상가 골목에서
낡은 간판을 달고 있는
보리수 다방을 보았기 때문이지

2
아침부터 햇살이 눈부셨던 그날
남의 동네 상가 골목길을 걷고 있었어

갑자기 쏟아지는 소나기에
잡화상에서 우산을 샀지

'투투투투! 타타타타!'
기관총 쏘는 소리
우산대가 대나무로 된 비닐우산이었거든

소나기가 그친 계곡의 햇살은
더 눈부셨고
풀과 나무는 싱그러웠지

그날
계곡 물 위로 두 사람이 흘려보낸 건
꽃잎이 아니라
풀잎이 아니라
시간만큼이나 달콤했던 청포도 껍질이었어

내가 또 이 이야기를 하는 것은
아직은 살아 있기 때문이라는 거야

왜 사느냐고 묻는다면

누군가가 왜 사느냐고 묻는다면
봄날 나지막한 산에서
잎사귀 없어 수줍게 핀
참꽃을 보기 위해서라고 말하겠습니다

또 누군가가 왜 사느냐고 묻는다면
첫여름 아기 매미의 웃는 울음소리가
따가운 햇살에 익어오는 것을 듣기 위해서라고

바람 부는 가을에 묻는다면
파란 하늘로 솟아오른 코스모스가
왜 흔들리는지 알고 싶어서라고

마지막으로 당신이 묻는다면
나는 낮은 목소리로
봄, 여름, 가을, 겨울이 있기에
아직은 저 끄트머리에 있어
잘 보이지 않는 눈 내리는 길을
당신과 걸어가기 위해서라고 말하겠습니다

제5부

지질地質 이야기

〈Geostory〉

지질시대地質時代의 구분

지질시대는 크게 은생이언과 현생이언으로 구분된다. 은생이언[隱生eon]은 캄브리아기(고생대) 이전의 지질 시대로 생물들이 숨어있어 잘 보이지 않는 시기라는 의미를 가지고 있다. 약 46억 년 전(지구의 시작)부터 약 5억 7천만 년 전까지, 즉 선 캄브리아기를 말하며, 은생이언은 다시 시생대와 원생대로 나뉜다. 시생대는 생물이 시작되는 시기이고, 원생대는 원시생물이 보이는 시기라는 뜻이다.

현생이언[顯生eon]은 생물의 화석이 많이 나타나는 시기라는 의미로 약 5억 7천만 년 전에서 현세까지다. 거대 수목들의 전성기가 된 고생대(캄브리아기), 공룡들의 세상이었던 중생대, 메머드(맘모스)가 나타났다 멸종하고 유인원이 출현한 신생대가 이 시기에 포함된다.

가장 오래된 돌(암석)은

지구상에서 생성된 가장 오래된 돌(암석)은 캐나다 북서부의 그레이트슬레이브(Great Slave)호수 부근에서 발견된 40억 3천만 년 전에 형성된 아카스타 그네시스(Acasta gneisses) 암석이다. 덧붙인다면, 지구에서 만들어진 돌보다 더 오래된, 외계에서 지구로 떨어진 운석암雲石巖도 존재한다.

암석의 분류

암석을 분류할 때는, 지구 깊은 곳의 마그마가 지표로 상승하거나 분출되어 식어서 만들어진 화성암(화강암, 유문암, 섬록암, 안산암, 반려암, 현무암, 감람암 등)과, 화성암 또는 변성암이 풍화와 비바람의 운반작용에 의해 주로 호수나 바다 밑에 쌓여서 만들어진 퇴적암(이암, 사암, 석회암, 응회암 등), 화성암이나 퇴적암이 지각 판의 이동, 화산 활동 등으로 열과 압력을 받아 만들어진 변성암(편암, 편마암, 대리암, 점판암, 천매암 등)으로 구분된다.

그러나 지구상의 암석은 장구한 세월 동안 변화에 변화를 거듭해왔기에 그 성질이 혼재해 있는 경우가 많다.

당구대의 재료

고가의 당구대가 아주 무거운 이유는 당구대 면이 두꺼운 변성암 석판으로 만들어졌기 때문이다. 변성암 종류의 하나인 점판암은 쉽게 판상의 석판으로 쪼개지기 때문에 당구대 면을 만드는 데 사용되며, 마루나 기와 같은 건축자재로도 사용된다.

달의 표면

달에는 공기도 물도 없고, 생물학적 작용도 없다. 그래서 지구와 같은 풍화작용을 달에서는 볼 수가 없다. 달의 지형은 회색 암석 부스러기로 된 토양과 같은 표층 물질로 덮여있다. 이것을 '달 표토'라고 부르며, 이는 수십억 년 동안 운석에 의한 충돌로 달 표면이 파쇄되어 만들어진 것이다.

달 표면의 변화 속도는 너무나 느리기 때문에 아폴로 우주인들이 남긴 발자국은 수백만 년 동안 그대로 남아있을 수도 있다.

지구와 태양의 나이

지질공원에서 해설을 하며 탐방객들에게 '태양과 지구 둘 가운데 더 나이가 많은 것은 어느 것일까요?' 하고 질문을 던지면 대다수의 사람들은 '당연히 태양이 먼저 생겼지요. 어떻게 지구를 태양에다 비교해요.' 하고 잘라 말한다. 그러나 그것은 정답이 아니다. 둘은 약 46억 년 전에 동시에 생성된 것으로 나이가 같다. 초신성이 폭발하며 태양계가 형성된 것인데, 태양은 큰 덩어리로 뭉쳐져 지금까지 불타고 있고, 지구는 작은 파편으로 떨어져 지표부터 점차 식어가고 있는 것으로 질량의 차이가 있어서일 뿐 나이는 같은 것이다.

당연히 태양의 위성인 수성, 금성, 토성 등 태양계의 모든 행성들과 지구를 돌고 있는 달도 마찬가지다. 그렇다면 우주의 나이는 얼마나 될까? 현재까지 알려진 바로는, 태양계 나이의 약 3배가 되는 138억 년이다.

지구의 나이가 145년?

현재까지 연구된 지구의 나이는 약 45억 7천만 년이다. 얼마나 긴 세월인지 쉬 감을 잡을 수가 없다. 그렇다면 다른 방법으로 생각해 보자. 1초를 1년이라고 가정하면, 한 시간이 지나가면, 정확하게 3천 6백 년이 지나가는 것이고 하루면 8만 6천 4백 년이다.

이렇게 계산해 보니, 약 145년이 필요한 세월이다. 그래도 감이 잡히지 않는 것은 마찬가지다.

지구상의 인구 폭발

지구상의 인구는 1800년대까지만 해도 10억 명 정도에 불과하였으나, 이후 급격하게 증가하여 지금(2020년)까지 세계 인구는 67억 명이 늘어난 약 77억 명이 되었다.

지각地角 판의 움직임

맨틀 위에 얹혀있는 지각 판*들이 서로 간섭하며 움직이는 평균 속도는 대략 사람의 손톱이 자라는 속도와 같다.

* 판=육지나 해저에 존재하는 굳어진 지각이 단층으로 갈라진 땅덩어리로 유라시아판, 태평양판, 필리핀판, 남북아메리카판 등이 있다.

침식작용

침식작용은 지표의 암석이 자연의 힘으로 파괴되어 깎이는 현상이다. 다시 말하면 빗물, 강물, 바닷물, 빙하, 바람 등에 의하여 지구 표면이 깎이는 작용이다.

침식작용으로 북아메리카 대륙의 높이가 1,000년에 약 3cm씩 낮아지고 있다고 추정된다. 이 속도라면 3,000m 높이의 봉우리가 해수면과 같아지는 데 1억 년이 걸린다.

금(Gold)과 노다지

금의 순도는 캐럿이라는 단위로 표현되며, 24캐럿은 순금에 해당된다. 24캐럿보다 적은 순도를 가지고 있는 금은 주로 구리나 은과 같은 다른 금속으로 섞여 있는 합금이다. 예를 들어, 14캐럿의 금은 중량비로 전체의 14가 금이며 나머지 10은 다른 금속이 된다.

광산에서 순도가 높은 대량의 금맥이 발견되면 서양인 채굴권자가 광부들에게 함부로 손대지 말라고 "No touch"(노터치)라는 말을 외쳤다. 채광 즉시 바로 돈이 되기 때문이었다. 그 소리를 금을 가리키는 말로 잘못 알아들은 한국과 일본인 광부들이 '노터치'라는 말을 퍼뜨렸다. 그 소리가 변해서 '노다지'가 된 것이다. 지금에 와서도 귀한 물건이 쏟아지거나, 귀한 물건 그 자체를 보고 '노다지'라고 부르는 것이다.

해발海拔의 원점原點

지표의 높이를 측정할 때는 해발, 즉 해수면과 지표가 맞닿은 곳이 시작점이 된다. 이렇게 정한 곳을 수준원점이라 하고 이 지점은 조수간만 차이를 일정기간 조사한 후 해수면의 평균값을 찾아 설치와 접근이 용이한 육지의 한 곳을 정하여 표기하게 된다.

우리나라의 수준원점은 인천광역시에 있는 인하대학교 교정(해발고도 26.687m/수정점)에 표지석이 설치되어 있다.

바닷물의 부피

바닷물의 부피는 엄청나게 커서, 지구의 고체 부분을 완전히 평평하게 하여 구체로 만든다면 해양이 육지의 전체 표면을 2,000m 이상의 깊이에 잠기게 할 수 있다.

지구의 신학神學적 나이

근대 지질학이 태동되기 전인 1600년대 중반, 아일랜드의 수석 주교이자 아마의 영국 국교 대주교인 '제임스 어스' 성서학자는 지구가 기원전 4004년에 창조되었다고 주장하였다.

그 후 얼마 되지 않아 또 다른 성서학자인 케임브리지의 '존 라이트 풋' 박사는 보다 구체적으로 지구가 기원전 4004년 10월 26일 아침 9시에 탄생하였다고 기술하였다(지질환경과학 p.5에서 인용). 이런 주장을 따른다면 지구의 나이는 고작 6,000년 정도에 불과하다.

미래의 지구

지각의 움직임은 지구 내부의 열에 의해 발생한다. 미래에 지각을 움직이게 하는 근원적인 힘은 점차 식어 사라질 것이다. 그러나 외부의 힘 즉 바람, 물, 빙하에 의한 지질작용은 계속적으로 지구 표면을 침식시킬 것이므로 결국 육지는 거의 평탄해질 것이다. 미래에는 다른 세상, 즉 지진, 화산, 그리고 산이 없는 지구가 될 것이다.

지각의 온도

지각의 온도는 지하로 내려갈수록 증가한다. 즉 심도에 비례하여 온도가 증가하는데 이것을 증온율增溫率이라 하며, 보통 30~35m 깊어질 때마다 1℃ 증가한다. 이것은 심부 지하자원 채굴 시 큰 문제를 발생시킨다. 남아메리카공화국의 서부지역에 있는 4km 깊이의 심부 광상에서는 암석 온도가 사람의 피부를 태울 만큼 높다. 따라서 이 광상에서는 2인 1조 채굴을 수행하는데, 한 명이 채굴하는 동안 다른 한 명은 암석의 온도를 낮추는 일을 한다.

대리석과 화강석

대리석(암)은 석회암이 열을 받아 변한 변성암이다. 대리석은 굳기의 강도가 낮아서 쉽게 조각할 수 있기 때문에 유럽에서 오래전부터 건축과 예술조형물을 만드는 데 흔하게 사용되었다. 그에 반해 우리나라에서 전통적으로 건축 자재나 묘지석, 불상 등으로 사용해 온 화강석(암)은 마그마가 식어 만들어진 화성암이다. 대리석보다 강도가 아주 강해서 정교한 예술 작품을 만들기가 매우 어렵다.

종이 속으로 들어간 점토

목재의 펄프는 신문용지를 만드는 주요 성분이지만 좋은 품질의 종이에는 다량의 점토광물이 포함되어 있다. 실제로 좋은 종이로 만들어진 책은 그 책 부피 25% 내외의 점토(카올린 광물)가 들어있다. 그래서 고급스러운 종이로 만들어진 책일수록 무게가 무겁다.

귀금속 백금

백금은 내구성이 뛰어나고 변색이 되지 않아 귀금속으로 쓰이거나 보석의 구조물(목걸이, 귀고리, 반지 등)로 많이 쓰인다. 또한 백금은 자동차 산업에서 배기가스를 변환시키는 산화 촉매제로 사용된다. 21.5의 비중(4℃의 물=1)을 가진 백금은 자연적으로 생성되는 광물 중에서 가장 밀도가 높다.

눈 앞에 펼쳐진 바다의 넓이

해변에서 바다를 바라볼 때 '저 넓은 바다가 들판이 되었더라면.' 하고 생각한 적이 있었다. 우리나라는 국토가 좁은 데다 산이 대부분을 차지하고 있어 농토가 부족하다는 생각을 하며 자랐기 때문이다. 그렇다면 내 눈 앞에 펼쳐진 바다는 얼마나 넓은 것일까? 해변, 즉 해발이 시작되는 육지와 바닷물의 경계점에서 수평선을 바라보면 눈에 보이는 수평선까지의 거리는 키가 1m 70cm 되는 사람의 눈높이로 약 4km까지 볼 수가 있다. 물론 시야를 방해하는 온갖 장애물, 이를테면 파도와 안개나 황사 등을 무시한 조건에서인데, 지구가 둥글어 수평선 뒤쪽은 볼 수가 없기 때문이다. 비교될 만한 아무런 장애물 없이 평평하게 펼쳐져 있어 넓게 보이는 것일 뿐, 10리 정도밖에 되지 않는 거리다. 이것은 지평선 축제가 열리는 '김제평야'에서도 똑같이 적용된다.

이렇게 보이는 바다의 넓이는 내가 살고 있는 고장, 즉 고래불해수욕장을 끼고 있는 예주평야禮州平野의 총 넓이와 비슷한 22.7㎢(약 700만 평)이다.

더 넓은 사막

전 세계 건조지역의 넓이는 약 4,200만㎢이고, 이 넓이는 놀랍게도 지구 육지표면의 약 30%에 해당된다. 이만큼 넓은 지역을 덮고 있는 다른 기후대는 지구상에 없다.

박쥐와 인간

박쥐와 인간은 모두 포유류다. 그러나 이 둘은 서로 다른 물리적 구조와 생활양식으로 발달했다. 이 두 포유류가 연관되어 있다는 증거 중의 하나는 손가락과 발가락이 5개라는 점이다. 인간은 쥐는 동작을 위해 손을 발달시켰고, 반면에 박쥐는 날기 위해 날개를 받치기에 적합하도록 긴 손가락과 발가락을 가지도록 진화했다.